마법의
순간

마법의
순간

파울로 코엘료 • 지음　황중환 • 그림

|주|자음과모음

차례

사랑은 변하지 않습니다.
문제는 사람이 변하는 것입니다.

하나

모든 것을 태워버릴 것 같은 사랑도 하고,
모든 것을 태우고 꺼지는 이별도 해보세요.
그편이 한 번도 사랑에 빠져보지 않은 것보다는
백 번 낫답니다.

하나

삶의 가장 숭고한 목표는 사랑하고,
또 사랑받는 것입니다.
나머지는 그에 비하면
사사로운 항목들에 불과하지요.

마음을 단순하게 먹으면 먹을수록

사랑을 하는 데 두려움이나 제약이 없어진답니다.

세상에서 가장 강력한 환각제는 사랑입니다.

있지도 않은 것들을 보거나 듣게 만드는

재주를 부리니까요.

두려워하지 마세요. 당신에게 찾아온 새로운 사랑은
과거의 경험과는 전혀 별개의 것이에요.

사랑은 변하지 않습니다.

문제는 사람이 변하는 것입니다.

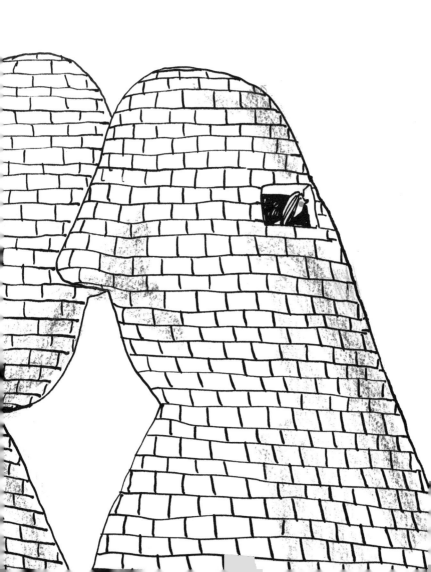

트위터에 증오를 퍼붓는 건

아무 생각 없는 어린아이들도 할 수 있는 일입니다.

그러니 당신은

제일 어려운 일에 도전해보는 게 어떨까요.

바로 사랑을 보여주는 일 말입니다.

삶에 후회를 남기지 말고,

사랑하는 데 이유를 달지 마세요.

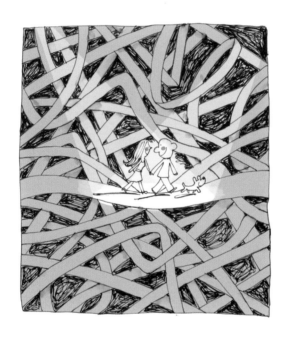

사랑은 즐겁고 행복한 것입니다.

사랑하기에 괴로운 것이라고,

고통도 사랑의 일부라고

스스로를 세뇌시키지 마세요.

진짜 사랑은 누군가의 행복을
진심으로 바라는 것입니다.

가짜 사랑은 아무라도
내 옆에 있기만을 바라는 것이지요.

현명한 사람은 사랑을 합니다.

하지만 어리석은 사람은 사랑을 이해하려고 들지요.

당신의 선택이 잘못이었다고 느끼는 순간,
과감히 작별을 고하고 뒤돌아설 줄 아는
용기를 내세요.

그러면 삶이 새로운 만남으로
당신의 아픔을 보상해줄 것입니다.

사랑은 늘 우리를 어딘가로 데리고 가지요.

그곳은 때로 천국이 될 수도 있고,
때로는 지옥이 될 수도 있습니다.

사랑도 트위터처럼 3단계가 있습니다.

팔로우(친구 맺기),

언팔로우(친구 끊기),

블록(차단).

오랜 세월, 숱한 고통 속에 몸부림치는 시간들을
제물로 바치고 나서야 저는 깨달았습니다.
사랑이란 상대방에 대한 신뢰라는 걸 말이지요.

twitter.com/paulocoelho

나의 금기어들.

'언젠가', '아마도', 그리고 '만약에'

둘

2

거짓으로 겸손을 가장하지 마세요.
세상에 그보다 더 오만한 짓은 없습니다.

둘

인간이 약점을 갖게 되는 이유가 뭔지 아시나요?
그건 무슨 짓을 해서라도
다른 이들에게 인정을 받고 싶은 욕망 때문이랍니다.

뻔뻔하게 실수를 저지른 사람들은

그 실수를 덮으려고

너무도 쉽게 더 뻔뻔한 짓을 저지르곤 합니다.

만약 주위의 사람들이 하나같이 당신을 사랑한다면
뭔가 단단히 잘못된 것입니다.
세상에 모든 이들을 두루 만족시킬 수 있는
사람이란 없으니까요.

거짓말이 달아준 날개로

당신은 얼마든지 멀리 갈 수 있습니다.

그렇지만 다시 돌아오는 길은 어디에도 없어요.

누군가 당신에게 성공의 이유를 묻는다면
딱 한 가지로 꼬집어 설명할 수는 없을 겁니다.
그러나 실패에는 만 가지 이유도 댈 수 있습니다.

제 금기어 목록의 맨 위에는
이런 말들이 있습니다.
'언젠가',
'아마도',
그리고 '만약에.'

둘

KILLING TIME

시간을 죽이려고 빈둥거리지 말고
무슨 일이든 찾아서 하세요.
죽음의 문을 향해 천천히 당신의 등을 떠밀고 있는 게
바로 그 시간이라는 걸 잊지 마세요.

둘

'완벽을 넘어선 그 이상'을 추구하는 트렌드는
오히려 새로운 종류의 사회적 역기능일 뿐입니다.

스스로를 향해 너는 이렇다, 저렇다,

판단의 잣대를 들이대지 마세요.

그럴 때마다 당신이 얻는 것은 상처뿐입니다.

참다운 자유란
내게 가장 소중한 것을
나 혼자만의 것으로
독점하지 않는 것입니다.

타인을 기쁘게 해주는 것이 당신 삶의 목적이라면
모두가 당신을 좋아하게 될 것입니다.
당신 자신만 빼고 말이지요.

매번 일은 똑같이 하면서
결과가 다르기를 기대할 수는 없습니다.

오늘 하루가 어제와 별다를 게 없다면
당신은 잘못 살고 있는 게 틀림없습니다.

제 아무리 진심을 다한 축복의 말이라도

당신이 제대로 들어주지 않는다면 결국 저주가 됩니다.

주위에 '성공하는 방법'에 대한
지침서들이 있다면 다 내다버리세요.
당신이 성공하기 위해 필요한 것은
오직 당신만의 지침서를 써내려가는 것입니다.

사람들은 세상을 있는 그대로 보지 않습니다.
자신들의 눈에 보이는 대로 볼 뿐입니다.

당신이 선택한 길에 믿음을 갖기 위해서
남이 선택한 길이 잘못됐다는 것을
굳이 증명할 필요는 없습니다.

마음은 '아니오'라고 말하고 싶으면서
'네'라고 대답하지 마세요.
마음은 '결코'라고 말하고 싶으면서
'아마도'라고 대답하지 마세요.

당신의 맞수가 되는 것은 커다란 영광입니다.
그가 만약 그럴만한 자격이 없는 사람이라면
굳이 상대하느라 힘 뺄 이유가 없습니다.

시간이 모든 상처를 치유한다는 말은 사실입니다.

그러나 상처가 완벽하게 아물 때를 기다린다면

삶을 즐기기에 너무 늦은 나이가 되겠지요.

둘

누군가에게 도움이 되어주려고 일부러 애쓰지 마세요.
당신은 그저 당신답게 행동하는 것만으로 충분합니다.
그것 하나만으로도 깜짝 놀랄 만큼 모든 것이 달라질 거예요.

twitter.com/paulocoelho

삶에도 양념이 필요합니다.
'착한 남자'와 '착한 여자'는 심심해요.

셋

행복은 때로 신이 내린 축복처럼 찾아옵니다.

하지만 보통은 정복해서 쟁취해야 할 대상이지요.

상실과 고통, 분노는
얼마든지 극복할 수 있습니다.
하지만 지루한 것만큼은
절대 참을 수 없습니다.

부모님은 언제나
"낯선 사람들과 말을 섞지 말라"고 말씀하셨죠.

그 바람에 그동안 살아오면서
흥미로운 사람들을 만날 기회를
얼마나 많이 놓쳐버린 걸까요?

우리는 어서 빨리 어른이 되고 싶은 마음에
조바심을 냅니다.
그리고 마침내 어른이 되고 나서는
잃어버린 유년기를 아쉬워합니다.

1분의 기쁨이 열흘의 삶을 연장합니다.

무얼 하던 중이든 1분만 모든 동작을 멈추세요.

그리고 당신에게 주어진 삶에

조용히 감사의 기도를 올리세요.

고통은 사라지고 기쁨만이 그 자리를 채울 것입니다.

셋

인생은 나그넷길과 같습니다.
어떤 여정이 되느냐는 순전히 우리들 손에 달렸지요.
그저 세상 돌아가는 대로 흐르는 물처럼 살 수도 있고,
나만의 꿈을 좇을 수도 있습니다.

기분이 우울해질 때는
마음을 느긋하게 갖고 기다리세요.

'오늘 컨디션 최고야!'라고
말하는 사람들의 99%가
말은 그렇게 해도
사실은 당신과 별 다를 바가 없거든요.

일시적으로 저지르는 엉뚱한 짓들이
삶의 묘미를 더해준다는 것을 잊지 마세요.
'착한 남자'와 '착한 여자'로만 사는 건
너무 지루해요.

제게는 하루하루가 하나의 악보와도 같습니다.

그것들이 모여 삶이라는 하나의 교향곡을

완성해 나가는 것이지요.

가장 가까이 있는 사람들부터

행복하게 해주세요.

그러면 멀리 있던 사람들도

당신을 찾아올 것입니다.

매일매일 우리는 한쪽 발은 아름다운 동화 속에,
다른 한쪽 발은 끝을 알 수 없는 구렁텅이 속에
담근 채 살아가고 있습니다.

스스로가 불행하다고 느껴질 때는
행복한 척해 보세요.

일주일 안에 진짜로 행복해질 것입니다.

어느 모로 보나 시간 낭비인 짓을 하고 있는데도
당신은 웃고 있군요.
그렇다면 그건 더 이상 시간 낭비가 아닙니다.

셋

매일같이 햇볕만 쨍쨍하게 내리쬔다면
멀쩡한 들판도 사막이 됩니다.

당신을 질투하는 사람들을 미워하지 마세요.

그들은 당신이 자신들보다 낫다고 생각하기 때문에

질투하는 거니까요.

당신의 꿈이 시들어가고 있다는 첫 번째 징후는
당신이 이런 말을 내뱉기 시작할 때 나타납니다.

"지금은 내가 너무 바빠서……."

 어느 날 아내가 이렇게 말했습니다.

"우린 이제 늙었나 봐."

그래서 제가 대답했죠.

"다행이지 뭐야.

난 젊어서 죽을 생각은 없었거든."

twitter.com/paulocoelho

일상생활에 적용할 수 없는 지혜는
쓸모없는 것입니다.

넷

넷

현명한 이들은 질문으로 넘치고,
어리석은 이들은 대답으로 넘칩니다.

벌주는 일에 실수를 저지르느니

용서하는 일에 실수를 저지르는 편이 낫습니다.

나중을 위해 아껴두지 마세요.

내일 당장 무슨 일이 일어날지 아무도 모릅니다.

다른 사람이 당신을 어떻게 생각하는지

지나치게 신경 쓰지 마세요.

어차피 당신이 마음대로 바꿀 수 있는 것이 아닙니다.

당신 앞에서 눈물을 보이는 사람들의 편이 되세요.

한 번도 눈물을 흘리지 않는 이들을 경계하세요.

머릿속이 복잡해질 때는
그저 '예스'나 '노'로 대답하는 것이
최선일 때가 많습니다.

살면서 가짜 친구와 진짜 적을 가려내고
적절히 다루는 법을 배워야 합니다.

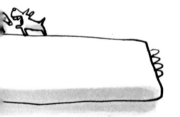

성공은 투명한 유리잔과도 같습니다.

와인을 담든, 물을 담든, 독을 담든,

그 성공의 맛은 당신의 선택입니다.

넷

알록달록한 일곱 빛깔 무지개를 보세요.

세상 모든 것이 이 색 아니면

저 색이 다가 아니랍니다.

솔직히 고백하자면

저는 좋은 본보기보다 나쁜 본보기를 따라 하면서

훨씬 더 많은 것을 배웠습니다.

적에게도 사랑을 보여주세요.

그러나 블랙리스트를 업데이트 하는 것은

한순간도 게을리하지 마세요.

당신이 오늘 해낸 멋진 일들을
사람들은 내일이면 다 잊어버립니다.
그게 인생이죠.

그러니 그것이 오직 당신에게만 일어나는 일이라고
생각하지는 마세요.

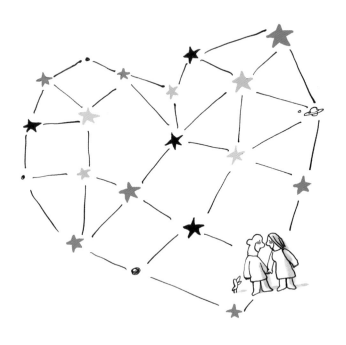

신이시여, 우리를 눈뜨게 하소서.

인생에서 그저 우연히 일어나는 일은

아무것도 없다는 것을 알게 하소서.

진짜 중요한 것들은 어떤 식으로든
스스로 모습을 드러내게 되어 있습니다.

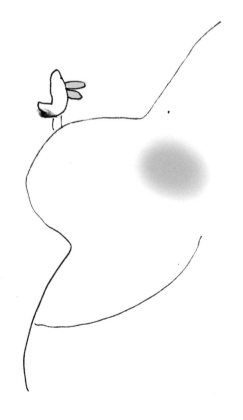

세상에는 바라는 것을 열심히 구하다가 얻게 되면
꽁무니를 빼는 그런 사람들이 있습니다.
그런 사람이 되지 마세요.

눈앞에서 큰 칼을 휘두르고 있는 적보다

등 뒤에 단검을 감추고 있는

옆집의 친구를 더 조심해야 합니다.

당신이 입 밖으로 내뱉은 말 때문에
누군가 상처를 받을 수도 있습니다.
그러나 당신이 내뱉지 않고 삼켜버린 말 때문에
상처를 받는 사람도 있답니다.

진실은 아름답습니다.

좋은 내용이든 나쁜 내용이든 상관없이

그것은 마음의 해방을 의미하기 때문입니다.

열정에 넘치는 가슴은
어떻게든 기회를 불러오는 법입니다.

넷

매사에 당신이 책임져야 할 것은
당신의 의도가 아니라 당신의 행동입니다.

인생은 짧습니다.

그러니 가슴 안에만 담고 있는 말이 있다면

이번이 마지막 기회라 생각하고

오늘 한 번 해 보세요.

넷

"내가 꼭 하고 싶은 게 있는 데 말이야"
라고 말하는 대신
"내가 정말 후회되는 게 있는데 말이야"
라고 말했을 때,
비로소 그에게서 노인의 얼굴을 보았습니다.

일상생활에 적용할 수 없는 지혜란

쓸모없는 것입니다.

숲속이 조용하다고

그 안에 짐승이 없는 게 아닙니다.

키스할 때는 천천히,

웃을 때는 마치 정신이 나간 것처럼,

하루하루의 삶에는 온 마음을 다해,

용서할 때는 뒤돌아보지 말고 재빨리.

당신이 스스로를 어떻게 대접하느냐가
남들에게 어떤 대접을 받느냐를 좌우합니다.

8시간의 운전을 마치고 겨우 한숨을 돌리면서
저는 문득 깨달았습니다.
'가던 길은 멈추지 말고 계속 가라'는 충고가
삶에도 그대로 적용된다는 사실을 말이지요.

실패에 대한 두려움이 우리를 실패로 이끕니다.

'불가능'은 하나의 의견일 뿐입니다.

꿈을 꾸고 싶다면

또렷한 정신으로 깨어 있으세요.

타인에게 신뢰를 주기 위해서는

먼저 스스로에게 신뢰를 가져야 합니다.

세상에 완전히 틀린 건 없습니다.
고장 난 시계조차도 하루에 두 번은
제대로 된 시간을 가리키잖아요.

넷

과학은 사실을 증명하도록 도와줍니다.
그러나 직관은 새로운 발견을 하도록
우리를 이끕니다.

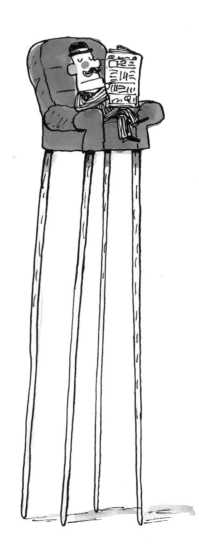

새로운 아이디어에
얼마만한 거부감을 갖느냐를 보면
당신의 나이를 가늠할 수 있습니다.

넷

삶은 언제나
사람들이 위기에 봉착할 때를 기다렸다가
가장 빛나는 순간을 드러냅니다.

넷

심장은 쓰라고 있는 것이지

금고 속에 안전하게 넣어두라고 있는 게 아닙니다.

미리 미래를 내다보고

뭔가를 예측하려고 애쓰지 마세요.

삶이란 본래 앞을 알 수 없는 모험으로

충만해야 제맛입니다.

넷

돈으로 살 수 있는 것들에 대해 걱정하지 마세요.

돈으로 살 수 없는 것들을 걱정하세요.

설명서를 읽지 않고 무작정 덤볐을 때
새로운 것들이 눈에 들어오는 법입니다.

변명하지 마세요.

어차피 사람들은

듣고 싶은 말만 골라 들을 뿐입니다.

넷

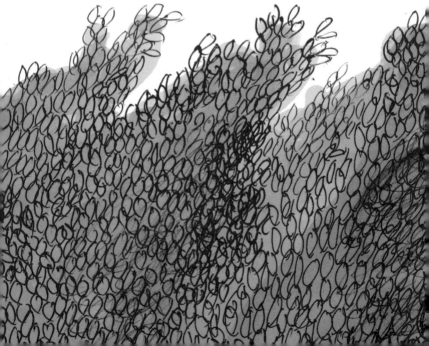

지금 당신의 양심에 털끝만큼도 걸리는 게 없다면
그건 기억력이 나쁘다는 신호입니다.

주인처럼 의지력을 휘두르고,

종처럼 양심을 섬기세요.

용서하세요.

그러나 잊지는 마세요.

그렇지 않으면 다시 상처받게 될 것입니다.

용서는 당신에게 다른 눈으로 세상을 보게 하지만

망각은 당신이 마음에 새겨야 할

교훈을 앗아갑니다.

유리잔이나 창문과 달리
마음은 깨져도 흔적이 남지 않습니다.

어디로 가야 할지 안다면

GPS는 더 이상 믿지 마세요.

지름길이 사실은

가장 멀리 돌아가는 길일 수도 있습니다.

어떻게 살아야 할지 머릿속으로만 고민하지 말고

오늘 하루를 충실히 사는 일에

직접 부딪쳐보세요.

twitter.com/paulocoelho

고통은 잠시지만 포기는 평생입니다.

다섯

5

지금 내가 가진 것들을 잃을지도 모른다는
두려움에서 벗어나야 합니다.
그것은 예전에 가질 수 있었던 것에 대한
미련만 불러올 뿐입니다.

다섯

사람들은 꿈을 이루기 위해 사는 것을 두려워합니다.

과연 내가 그럴 만한 그릇이 되는지

스스로를 의심하기 때문입니다.

아름다운 노을을 보기 위해서는
적당히 구름 낀 하늘이 필요합니다.

다섯

고통은 잠시지만 포기는 평생입니다.

다섯

상처를 치유하기 위해서는
먼저 그 상처를 마주 보는 용기가 필요합니다.

창의력을 제대로 발휘하기 위해서는
용기가 필요합니다.
남들에게 의견을 구하지 말고
스스로를 믿고 밀어붙이세요.

아무리 힘들어도 포기하지 마세요.
열쇠 꾸러미에서 실제로 문을 여는 것은
가장 마지막 열쇠일 경우가 많습니다.

완벽하게 준비가 갖춰질 때까지 기다리다가는
때를 놓치고 맙니다.

다섯

하늘의 바람을 내 마음대로 할 수는 없습니다.

하지만 목적지에 무사히 도착하도록

돛을 조정할 수는 있습니다.

가장 마음이 느슨해졌을 때

삶은 방심한 우리 앞에

새로운 도전이라는 함정을 파놓습니다.

우리의 용기와 변화에 대한 마음의 자세를

시험하려는 것이지요.

당신의 두려움을

브레이크가 아닌 동력으로 만드세요.

삶은 두 가지 방식으로 인간의 의지를 시험합니다.

아무 일도 일어나지 않거나,

아니면 모든 일이 한꺼번에 일어나는 거죠.

다섯

진정한 빛의 전사들은

패배를 승리로 포장하려고 애쓰지 않습니다.

있는 그대로를 받아들입니다.

피해갈 수 없는 고통이라면 감수하는 것이 옳으니까요.

당신이 직접 부딪쳐서 해결해야 할
문제들을 회피한다면
그것은 곧 당신의 삶을 회피하는 것입니다.

다섯

무엇이든 당신이 원하는 것을 뒤쫓을 때는
'안 된다'는 대답을 무시하고 넘기세요.

다섯

고독을 기꺼이 받아들이세요.

그것은 우리로 하여금 삶의 목적을 찾을 수 있도록

안내하는 선물이랍니다.

다섯

고통을 두려워하는 것은 고통 그 자체보다
더 나쁜 것입니다.

다섯

죽음은 충만한 삶의 마침표로
단 한 번 찾아오는 것입니다.

그러나 죽음을 두려워하기 시작하면
공포가 매일매일 당신을 죽일 것입니다.

사람이 익사하는 것은 강에 빠졌기 때문이 아니라
강에서 빠져나오지 못했기 때문입니다.

무지개를 제대로 즐기려면
우선 비부터 즐기는 법을 배워야 합니다.

당신이 가진 흉터들에 자부심을 가지세요.

그것들은 당신의 삶에 대한 의지를 상기시켜 주는

훌륭한 훈장이랍니다.

진정한 땀의 대가는
그래서 우리가 무엇을 얻느냐가 아닙니다.
그래서 우리가 무엇이 되느냐입니다.

여섯

살다 보면 흔히 저지르게 되는
두 가지 실수가 있습니다.
첫째는 아예 시작도 하지 않는 것이고,
둘째는 끝까지 하지 않는 것입니다.

당신은 무엇이든 가질 수 있습니다.

그러나 모든 것을 가질 수는 없습니다.

꿈과 사랑은 직접 경험해보지 않는 한
한낱 단어에 불과합니다.

다리가 너무 지쳐 움직이기 힘들 때는
마음으로라도 걸음을 멈추지 마세요.
당신의 길을 포기하지 말아요.

그토록 바라던 일이라면

허락이 떨어지기를 기다리지 말고

지금 당장 저지르세요.

후회는 내일 해도 늦지 않습니다.

이미 내게 익숙해진 것들에 물음표를 던지고 저항할 때

비로소 변화가 시작됩니다.

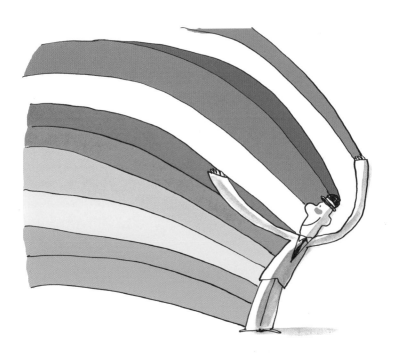

무슨 일이든 스스로의 한계를 넘어설 정도로

하고 있지 않다면

당신은 진정 앞으로 나아가고 있는 게 아닙니다.

변화는 움직이는 것입니다.

모든 움직임은 마찰을 초래하죠.

그러니 투덜대지 마세요.

우리가 온 존재를 다해 무언가를 간절히 원할 때

모든 것들이 더없이 완벽한

제자리를 찾아가기 시작합니다.

꿈을 좇을 때는
꿈이 당신의 전부가 되어야 합니다.
분열된 왕국은 적의 맹공격을
버텨낼 재간이 없으니까요.

진정한 땀의 대가는

그래서 우리가 무엇을 얻느냐가 아닙니다.

그래서 우리가 무엇이 되느냐입니다.

당신의 길을 포기하지 마세요.

불확실한 걸음을 옮겨놓아야 하는 순간이 온다 할지라도,

지금 당신이 하고 있는 일 말고

더 나은 일을 할 수도 있다는 생각이 든다 할지라도.

천일의 평화보다

모험이 주는 아드레날린과 스트레스가

훨씬 달콤합니다.

타인의 결정에 대해 비난하는 사람치고
스스로 무언가를 결정할 용기를 가진 사람은 없습니다.

그만그만하게 튀지 않는 평범한 화초가 된다면
당신은 안전한 온실 속에서 살아갈 수 있습니다.
그런 삶을 원하나요?
차라리 언제든 싸울 준비를 하세요.
그리고 최고가 되는 겁니다.

세상을 좌우하는 것은 꿈을 이루기 위해
기꺼이 삶을 내거는 사람들입니다.

당신이 기다려온 마법의 순간은
바로 오늘입니다.
황금마냥 움켜잡을지
아니면 그냥 흘러가게 내버려둘지는
당신 마음먹기에 달렸습니다.

어느 날 아침 문득 눈을 떴을 때
당신은 꿈꾸던 것들을 실천할 수 있는 시간이
그리 많이 남지 않았음을 깨닫게 될 것입니다.
바로 지금 시작하세요.

소심함은 당신이 가는 길에 걸림돌이 되지요.

그 길에서 걸림돌을 뽑아내는 것이 바로 배짱입니다.

배짱을 가지세요.

인생에서 가장 큰 즐거움은
사람들이 넌 절대 할 수 없을 거라고 한 일들을
해내는 것입니다.

미리 계획했던 것보다 더 멀리 밀고 나가세요.

터무니없는 욕심을 내어보세요.

그것이 얼마나 자주 현실로 이루어지는지 발견하고

놀라게 될 것입니다.

여섯

당신이 앞으로 나아가기로 결정한 이상
언제나 길은 있습니다.

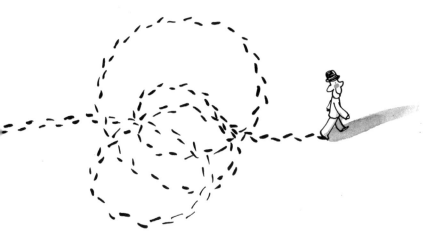

twitter.com/paulocoelho

인생이란 요리와 같습니다.
좋아하는 게 뭔지 알려면 일단 모두 맛을 봐야 합니다.

일곱

냉소주의란 '인간적인 동기와 행위의 진정성,
선의에 대해 불신하는 경향'을 가리키는 말이죠.
여기에 빠진 것이 하나 있습니다.
바로 '비겁함'입니다.

바보란 자기가 얼마나 똑똑한지 떠벌리지 못해
안달이 난 인간들을 말합니다.

고통이란 희생이나 극기라는 말로 위장하면
사뭇 그럴싸하게 들립니다.
그러나 그 실체를 직접 마주하면
더없이 무섭고 끔찍한 것이죠.

사랑은 비와 같습니다.
조용히 내리지만 아무런 예고도 없이
어느 한순간 강을 넘치게 만들지요.

'역경'이란

우리가 어떤 사람인지 보여주기 위해

아주 먼 옛날 고안된 유서 깊은 도구입니다.

지성이란 불필요한 적을 만들지 않으면서

자신이 원하는 것을 얻어내는 기술입니다.

당신을 미워하는 사람들이란
사실 속으로는 당신을 좋아하는 숨은 팬들입니다.
그런데 다른 사람들이 왜 당신에게 열광하는지
이해하지 못해서 혼란스러운 것뿐이죠.

인생에는 세 가지 시기가 있습니다.
유년기, 성인기,
그리고 "아이고, 좋아 보이십니다!"
라는 말을 듣는 시기.

좀비란 당신과 한자리에 있으면서
끊임없이 핸드폰을 들여다보는 사람들입니다.

인생은 축구와 같습니다.
초반의 공격들을 잘 막아내기만 한다면
승리는 당신의 것입니다.

인생은 문과 같습니다.
그 위에 '당기시오'라고 쓰여 있다면
밀지 말고 당기세요.

'트윗을 하기 전에 구글 먼저 하라'라는 말은
'말하기 전에 먼저 생각하라'는 말의
21세기식 표현입니다.

자유란 책임으로부터의 해방이 아니라
책임을 선택할 줄 아는 능력입니다.

아무도 그 존재조차 인식하지 못한 것들을

미리 간파해내는 능력이야말로

우리가 천재라고 부르는 사람들의 본질입니다.

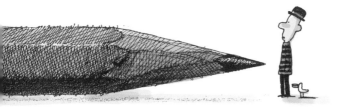

당신이 한탄하는 백그라운드 하나 없는 삶이란

새롭게 개척해나갈 무한한 미지의 장들이

당신 앞에 펼쳐진 삶을 말합니다.

눈물은 영혼을 씻어내는 비누입니다.

인생은 요리와 같습니다.

좋아하는 게 뭔지 알려면

일단 모두 맛부터 봐야 하죠.

일곱

'현실적이 되세요'라는 말은
'끊임없이 불가능한 것을 꿈꾸세요'
라는 말과 같습니다.